STATUTS, ORDONNANCES ET REGLEMENS DE LA COMMUNAUTE' DES MAITRES ROTISSEURS DE LA VILLE, FAUXBOURGS, ET BANLIEUE DE PARIS.

Du mois de Juin 1744.

Rédigés par M. L'ABBE' M***.

Regiſtrés en Parlement le 19. Janvier 1747.

A la diligence de Me Deshayes, Procureur en la Cour.

A PARIS,
Chez la Veuve DELATOUR, Imprimeur de la Cour des Aydes, & de la Ferme Générale des Poſtes, ruë de la Harpe, aux trois Rois.

M. DCC. XLVII.

STATUTS,

ET

ORDONNANCES

DE LA

COMMUNAUTÉ

DES MAITRES ROTISSEURS

DE LA VILLE, FAUXBOURGS,

ET BANLIEUE DE PARIS.

ARTICLE PREMIER.

MAINTENONS & confirmons la Communauté des Maîtres Rotisseurs de la Ville, Fauxbourgs, & Banlieüe de Paris, dans les Statuts & Priviléges accordés par les Rois nos prédécesseurs, & conformément à iceux dans le droit & possession où ils sont à l'exclusion de tous gens de bouche, reçus, ou non reçus Maîtres en une autre Communauté, de vendre & débiter toutes ſortes de volailles & gibiers, d'agneaux, chevreaux & cochons de lait, habillés en poil, ou en plume, piqués, lardés ou rôtis, & prêts à manger, à peine contre tous ceux qui entreprendront ſur ledit métier de confiſcation, de 500. liv. d'Amende, appliquable par moitié au profit des Jurés Rotiſſeurs, & le ſurplus à l'Hôpital Général : le tout conformément aux Articles I. & II. des Statuts de cette Communauté, du mois de Mars de l'an 1509. & aux Lettres-patentes de confirmation du mois de Décembre 1610.

ARTICLE II.

Ordonnons que pour avoir ſoin des affaires de la Communauté, il y ait quatre Jurés, leſquels ne pourront être nommés qu'ils n'ayent ſix années de maîtriſe accomplies, & de boutique ouverte : qu'à cet effet, il ſoit élu par chaque année, & en la maniére accoutumée, deux Jurés en préſence de notre Procureur au Châtelet ; & ne pourront reſter les deux Jurés nouvellement reçus que l'eſpace de deux ans.

ARTICLE III.

Seront mandés à l'Election des Jurés & en la maniére accoutumée, tous les anciens, enſemble douze modernes, & douze jeunes Maîtres, leſquels modernes ou jeunes ſeront pris alternativement, & chacun à leur tour, ſuivant l'ordre du Tableau, à peine de nullité, & contre les Jurés en charge de 30 liv. d'Amende au profit de la Communauté : Voulons aussi que faute par lesdits Maîtres qui auront été appellés auxdites Elections ou autres assemblées de la Communauté, & qui sans excuse légitime s'en absenteront, soient condamnés en l'Amende de 4 liv. appliquable au bout de l'an, au profit des Maîtres qui s'y seront trouvés.

ARTICLE IV.

Seront tenus lesdits Jurés, conformément à l'Edit du mois de Mars 1691. de rendre leurs comptes de recette & de la dépense qu'ils auront fait pour leur Communauté : & ce tous les ans un mois après l'expiration de leur Jurande, & en présence de tous les Maîtres qui avant eux, auront occupé lesdites places, ensemble des dix modernes, & de dix jeunes Maîtres, lesquels seront pris alternativement & chacun à leur tour suivant l'ordre du Tableau : leur enjoignons dans le cas qu'ils fussent redevables à leur Communauté, d'en payer les reliquats sur le champ, à peine d'y être contraints en la maniere ordinaire, & par provision, d'être exclus de toutes assemblées, & de privation de tous droits d'Anciens, sans que cette derniere peine puisse être réputée comminatoire : le tout conformément à la Déclaration du Roi du deuxiéme Septembre 1704.

ARTICLE V.

Sera permis auxdits Jurés, conformément à la Déclaration du Roi du deuxiéme Septembre 1704. d'aller en viſite dans les maiſons des Rotiſſeurs, qui ſans être maîtres de leur Communauté, font leur métier à titre de prétendu Privilége de domicile, ou des Priviléges du Prévôt de nôtre Hôtel, ſans prendre d'eux aucun droit, quand même il leur ſeroit volontairement offert.

ARTICLE VI.

Nul ne pourra être reçu à la Maîtriſe dudit métier, ſuivant l'Article III. des Statuts de 1509. & le Réglement de Police du 5. Janvier 1650. s'il n'a été Apprentif pendant l'eſpace de quatre ans, & non pour moins de tems; ne ſeront obligés leſdits Apprentifs qu'à l'âge de douze ans accomplis, & par Brevets en bonne forme paſſés devant le Notaire de la Communauté, en préſence de deux Jurés au moins: & ſeront leſdits Brevets regiſtrés tous les premiers Vendredis de chaque mois, ſur le Livre de la Communauté, auquel jour il y aura Aſſemblée d'Anciens ſeulement pour les affaires qui la concernent, à peine contre les quatre Jurés de 60 liv. d'Amende au profit de la Confrairie.

ARTICLE VII.

Ne pourront les Maîtres obliger qu'un ſeul Apprentif, & ce conformément à l'Article V. de leurs Statuts de 1509, auront néanmoins leſdits Maîtres, ſuivant la Sentence de Police du 5 Janvier 1650. la faculté d'en prendre un ſecond deux ans avant l'expiration d'un premier Brevet, il ſera payé par chaque Brevet ſix livres pour la Communauté, & dix ſols pour chaque Juré.

ARTICLE VIII.

Voulons que dans le cas où il ſe préſenteroit des Apprentifs qui fuſſent mariés, ils ſoient tenus d'en faire déclaration à leur Maître d'apprentiſſage, ou que ſi aucun deſdits Apprentifs venoit à ſe marier dans le cours de ſon apprentiſſage, il ſoit tenu d'obtenir l'agrément de ſon Maître, dont dans l'un & l'autre cas, mention ſera faite ſur les Brevets d'apprentiſſage, à peine de nullité deſdits Brevets : Voulons pareillement que ſi les Apprentifs s'abſentent de chez leurs Maîtres pendant l'eſpace de ſix ſemaines, leurs Brevets ſoient nuls, & de nul effet : Défendons aux autres Maîtres dudit métier de les retirer chez eux ou ailleurs, à peine contre les Maîtres contrevenans de ſoixante livres d'amende, les deux tiers applicables au profit du Maître plaignant, & le ſurplus aux Jurés.

ARTICLE IX.

N'entendons néanmoins empêcher leſdits Maîtres de tranſporter & céder leurs Apprentifs à d'autres Maîtres de leur Communauté ; & ce du conſentement réciproque des parties, & de celui des Jurés, en la maniere ordinaire preſcrite pour les Brevets, ſans que ſous ce prétexte il leur ſoit permis de faire leſdits tranſports à des Rotiſſeurs, qui à titre de location ou de Privilége du Prévôt de nôtre Hôtel, ou autrement, éxercent ou pourroient éxercer cette profeſſion, conformément à la Sentence de Police du 5. Janvier 1650. le tout à peine contre leſdits Maîtres ou Privilégiés Rotiſſeurs, de 200 liv. d'amende applicables moitié à notre profit, & le ſurplus aux Jurés.

ARTICLE X.

Tout Apprentif qui aura fait ſon tems, ne pourra être admis à la Maîtriſe, ſuivant la Sentence de Police du premier Septembre 1693. qu'il n'ait préalablement ſervi les Maîtres pendant ſix autres années en qualité de Compagnon : ſera permis aux Maîtres d'avoir pluſieurs Compagnons ; & ne pourront les Maîtres aux termes de la Sentence de Police du deuxiéme Août 1735. débaucher les Compagnons engagés chez les autres Maîtres, ni leur donner à travailler ou les recevoir à leur ſervice ſans la permiſſion expreſſe du Maître chez lequel ledit Compagnon ſe ſera engagé : le tout à peine de 50 liv. d'amende applicable moitié au profit du Maître plaignant, & le ſurplus aux Jurés. Enjoignons aux Jurés d'y tenir la main.

ARTICLE XI

Aucun Maître ne pourra prêter ſon nom, directement, ni indirectement à qui que ce ſoit, & ſous tel prétexte que ce puiſſe être pour exercer ledit métier, à peine de 300 liv. d'amende appliquable moitié à notre profit, & l'autre aux Jurés : Défenſes auſſi à tous Apprentifs ou Compagnons Rotiſſeurs,

&

& ce, ſuivant les Lettres-patentes du mois de Décembre 1610. de s'engager au ſervice des Maîtres Traiteurs, Patiſſiers, Cabaretiers, ou Aubergiſtes de la Ville, Fauxbourgs & Banlieüe de Paris, & à ceux-ci de les recevoir à moins qu'ils ne ſoient tout à la fois Maîtres de cette Communauté, à peine contre les Apprentifs de nullité de leurs Brevets; contre les Compagnons de privation du droit de Compagnonage, d'être admis à la Maîtriſe dudit métier, & contre leſdits Maîtres Traiteurs, Patiſſiers, Cabaretiers, Aubergiſtes, de 500 liv. d'amende, applicable par tiers à notre profit, à l'Hôpital Général, & auxdits Maîtres.

ARTICLE XII.

Nul ne ſera reçu à la Maîtriſe ſans avoir fait chef-d'œuvre à ſes dépens, en préſence des Jurés; qu'il n'ait été préalablement conduit au Bureau pour que les Jurés & Anciens faſſent la viſite de ſon Brevet, qu'aux termes de la Déclaration du Roi du 2. Décembre 1704. chaque aſpirant à la Maîtriſe par apprentiſſage, n'ait payé la ſomme de 400. liv. & par chaque fils de Maître celle de 50. liv. le tout au profit de la Communauté. Voulons que lors deſdites réceptions, les Jurés ſoient tenus de mander tous les Anciens en la maniere accoutumée; que l'aſpirant à la Maîtriſe par apprentiſſage, paye à chaque Juré & au préſentateur, quatre livres, & deux livres à chaque Ancien, & que cependant les fils de Maître ne donnent que vingt ſols à chaque Juré,

& au Préſentateur ſeulement. Défendons aux uns & aux autres de percevoir de plus forts droits, à peine de concuſſion.

ARTICLE XIII.

Les fils nés avant la Maîtriſe de leurs peres, ne ſeront obligés de payer pour la réception à ladite Maîtriſe, que les trois quarts de ce qu'il en doit coûter aux aſpirans par apprentiſſage, & ce ſuivant la Déclaration du Roi du 2. Décembre 1704; ne pourront néanmoins les fils nés avant la Maîtriſe de leur pere, être reçus à ladite maîtriſe, ſuivant la Sentence de Police du premier Septembre 1693. s'ils n'ont fait apprentiſſage pendant l'eſpace de trois ans, & ſervi les Maîtres en qualité de Compagnons pendant deux ans ſeulement, à peine contre les Jurés de deſtitution, & contre leſdits fils de Maîtres, de 100. liv. d'amende au profit de la Communauté.

ARTICLE XIV.

Voulons qu'aux termes de la même Déclaration du Roi, il ne ſoit reçu par an à la Maîtriſe dudit métier, que ſix aſpirans par apprentiſſage : N'entendons néanmoins empêcher d'admettre à ladite maîtriſe autant de fils de Maître ou d'enfans nés avant la maîtriſe de leurs peres, qu'il s'en préſentera, ſans que leſdits fils de Maîtres nés avant ou après la maîtriſe de leurs peres, puiſſent ouvrir boutique dudit métier, ſi ce n'eſt à l'âge de 18. ans accomplis, &

ce, ſuivant la délibération de cette Communauté du 17. Décembre 1740. qui ſera homologuée par ces préſentes. Défendons en outre aux Jurés de recevoir à la maîtriſe ſous tel prétexte que ce puiſſe être, aucun aſpirant ſans qualité, & ſans qu'il ait préalablement fait ſon apprentiſſage, conformément aux Articles 5. 6. & 7. des préſentes, & ce, à peine de 100 liv. d'amende contre les Jurés, appliquable à notre profit, & de nulllité de la maîtriſe.

ARTICLE XV.

Ne ſera permis aux femmes veuves dudit métier de jouir de la maîtriſe de leurs maris, qu'autant qu'elles demeureront en viduité, & cependant ne pourront leſdites Veuves prendre ni garder aucuns apprentifs, que ce ne ſoit pour achever le tems de ceux qui ſe ſeroient obligés à leurs maris par Brevet ou tranſport de Brevet en bonne & duë forme, à peine de vingt livres d'amende au profit des Jurés.

ARTICLE XVI.

Ne pourront aucuns Maîtres ou Veuves de Maîtres Rotiſſeurs, acheter des Marchands Forains, ni lotir ſur le carreau de la Vallée, aucunes marchandiſes dépendantes dudit métier, s'ils n'ont boutique ouverte ou échope pour les vendre & débiter dans la Ville & Fauxbourgs de Paris. N'entendons néanmoins que leſdits Maîtres ou Veuves de Maîtres puiſſent tenir leſdites boutiques, échopes ni étalages ſur le carreau de la Vallée ou ailleurs où ledit Marché pourroit être par la ſuite établi ou tranſporté, pour y vendre & débiter les volailles, gibiers, & autres marchandiſes dudit métier. Voulons qu'ils n'ayent qu'une ſeule boutique ou échope dans la Ville, Fauxbourgs, & Banlieüe de Paris, ſans avoir ſous tel prétexte que ce puiſſe être, aucun magaſin ou prétenduë boutique ſur le devant des ruës, à peine contre les contrevenans de confiſcation de leurs marchandiſes, de 300. liv. d'amende, appliquable par moitié au profit de la Communauté, & des Jurés d'icelle, & en cas de récidive ou de rébellion en la même amende appliquable comme deſſus, & même de deſtitution de maîtriſe; le tout conformément aux Arrêts du Parlement des 20. Mars 1681. & 31. Mai 1718. à l'Ordonnance de Police du 31. Octobre 1719. & à l'Arrêt de notre Conſeil du 2. Décembre 1722.

ARTICLE XVII.

Faiſons très-expreſſes inhibitions, & défenſes aux Maîtres Rotiſſeurs, conformément à l'Ordonnance de Police du 6. Octobre 1719, de renvoyer pour vendre ſur le carreau de la Vallée, aucunes marchandiſes qu'ils y auront achetées du Marchand Forain, à peine de 100. liv. d'amende appliquable à notre profit.

ARTICLE XVIII.

Défendons expressément à tous Maîtres Rotisseurs & Marchands Forains, suivant l'Ordonnance du 6. Octobre 1719. & l'Arrêt de notre Conseil du 16. Avril 1720. de s'associer dans les Marchés les uns avec les autres, d'adresser ou de se faire adresser en droiture aucunes desdites marchandises, d'aller ou d'envoyer au-devant des voitures, d'enlever ou faire enlever aucunes desdites marchandises à leur arrivée & avant les heures prescrites par les Réglemens, à peine de saisie & confiscation desdites marchandises & des voitures, de 500. liv. d'amende apqliquable à notre profit, tant contre les uns, que contre les autres, & de prison contre tous Compagnons, Apprentifs, Facteurs, ou Entremetteurs, & en cas de récidive, de plus grande peine s'il y échet. Ordonnons aux Jurés Rotisseurs de constater lesdites contraventions en la maniere ordinaire : auquel cas, Voulons que lesdites confiscations tournent au profit des Jurés ou de leur Communauté, s'il est ainsi ordonné.

ARTICLE XIX.

Voulons que tous Maîtres Rotisseurs ne puissent acheter du Marchand Forain, & de la premiere main, les marchandises dudit métier, que sur le carreau de la Vallée de cette Ville, ni avant les heures prescrites : sçavoir les mercredis & samedis en Hyver avant neuf heures du matin ; & en Eté avant huit heures, depuis Pâques jusqu'au premier Octobre, & les autres jours de la semaine avant cinq heures du matin : à peine contre les contrevenans de 50. liv. d'amende appliquable moitié à notre profit, & le surplus à l'Hôpital Général, & en cas de récidive, de plus grande peine si le cas y échet : le tout conformément à l'Ordonnance de Police du 6. Octobre 1719. & à l'Arrêt de notre Conseil du 16. Avril 1720. Enjoignons aux Jurés dudit métier d'y tenir la main.

ARTICLE XX.

Enjoignons à tous Marchands Forains, conformément à l'Ordonnance de Police du 6. Octobre 1719. & à l'Arrêt de notre Conseil du 16. Avril 1720. qu'aussitôt qu'ils seront entrés dans les anciennes bornes & limites de cette Ville : sçavoir, Choisi, Longjumeau, Louvres, Enguien, & autres lieux de pareil éloignement aux environs d'icelle, d'y amener directement leurs marchandises de volailles & Gibiers, & autres dudit métier sur le carreau de la Vallée pour y être exposées en vente : leur défendons de vendre & débiter dans les Marchés qui se tiennent dans l'étenduë des anciennes limites de cette Ville, n'y de faire aucuns entrepôts, magasins, ou vente dans lesdits Villages circonvoisins, ou au-dedans desdites limites, même à Paris dans les Hôtelleries ou autres endroits : N'entendons qu'ils puissent continuer leur vente les jours de marché, passé deux heures après midy, & les autres jours à dix heures du matin ; & seront lesdits Marchands Forains, tenus de ceſſer leur vente auſſi-tôt qu'ils ſeront avertis deſdites heures par le ſon de la cloche, conformément aux Réglemens de Police du premier Décembre 1666, & le tout ſous la même peine de ſaiſie, confiſcation, & même amende appliquable comme en l'Article XVIII. des préſentes.

ARTICLE XXI.

Auront les Jurés dudit métier, à l'excluſion des Jurés Marchands Bouchers, & de tous autres: la faculté ſuivant la Sentence de Police du premier Avril 1648, de viſiter toutes ſortes de volailles & gibiers, les agneaux, les chevreaux & cochons de lait; à eux enjoint d'y procéder à l'arrivée du Marchand Forain ſur le carreau de la Vallée, & d'y ſaiſir avant & même après l'heure du Bourgeois, leſdites marchandiſes qui ſe trouveront défectueuſes, tant ſur les Marchands Forains, que ſur les Maîtres dudit métier, & ce, à peine contre les contrevenans de 300 liv. d'amende; le tout appliquable au profit des Jurés ou de leur Communauté.

ARTICLE XXII.

Ne pourront les Marchands Forains expoſer en vente aucune piéce de volaille & gibier qu'ils auront déguiſés: leur défendons à cet effet de les écrêter, écourter, dégraiſſer ni vuider. Leur enjoignons néanmoins de couper l'extrêmité des deux oreilles des lapins appellés vulgairement clapiers, pour les diſtinguer des lapins de garenne : Voulons auſſi que pour qu'on connoiſſe les canards ſauvages, leſdits Forains ſoient tenus de couper la gorge aux canards, appellés communément paillés ou appelans ; le tout à peine de ſaiſie & confiſcation, & de 50. liv. d'amende au profit des Jurés dudit métier.

ARTICLE XXIII.

Voulons que tous les Marchands Forains, ſuivant le Réglement de Police du 7. May 1647, ne puiſſent ſe ſervir d'aucuns Facteurs & Factrices pour vendre les marchandiſes dudit métier : leur enjoignons de les vendre eux-mêmes ſur le carreau de la Vallée, & non ailleurs, ſans pouvoir employer à cet effet Facteurs ou Entremetteurs, n'y cacher ou détourner aucunes de leurs marchandiſes : leur défendons pareillement de les augmenter quand le prix en aura été fait une fois, ainſi qu'à tous les Maîtres & Privilégiés Rotiſſeurs de ſurenchérir leſdites marchandiſes, & à cet effet, ne pourront leſdits Maîtres Rotiſſeurs ou Veuves deſdits Maîtres, ainſi que les Privilégiés Rotiſſeurs du Prévôt de notre Hôtel, envoyer ou ſe trouver plus d'une ſeule perſonne ſur le carreau de la Vallée, à l'effet d'y acheter du Marchand Forain, leſdits gibiers ou volailles pour leur compte particulier : le tout à peine de 200. liv. d'amende appliquable par moitié à notre profit, & le ſurplus aux Jurés.

ARTICLE

ARTICLE XXIV.

Faisons très-expresses inhibitions & défenses à tous Marchands Forains qui auront amené en cette Ville les Marchandises dudit métier, de les remporter faute de les avoir venduës sur le carreau de la Vallée, même d'en acheter d'un autre Forain pour les revendre ou pour les conduire dans leur païs, à peine de saisie & confiscation, & de 100 liv. d'amende, appliquable le tiers à notre profit, l'autre à l'Hôpital des Enfans trouvés, & le surplus aux Jurés.

ARTICLE XXV.

Lesdits Maîtres Rotisseurs continueront, conformément aux Articles IX. & X. des Anciens Statuts des Maîtres Rotisseurs de 1509. de jouir du droit exclusif à tous gens de bouche, de faire rôtir toutes sortes de viande de boucherie, de rotisserie, ou autres pour la commodité publique.

ARTICLE XXVI.

Ne pourront lesdits Maîtres aux termes de l'Article XV. de leurs Statuts de 1509. ouvrir leurs boutiques pour faire rotir aucunes viandes les quatre grandes Fêtes de l'année; comme Pâques, Pentecôte, Toussaints & Noël, ainsi que les quatre Fêtes de Vierge, comme la Chandeleur, la Nativité, la Conception, & notamment le jour de son Assomption, Fête de cette Communauté; le tout à peine contre les contrevenans de 20 liv. d'amende au profit de la Confrairie.

ARTICLE XXVII.

Faiſons inhibitions & défenſes à tous Maîtres Traiteurs de cette Ville, & aux Privilégiés Traiteurs de notre Hôtel, ainſi qu'à tous Rotiſſeurs des lieux privilégiés, & à tous Cabaretiers, Aubergiſtes & Gargotiers de la Ville & Fauxbourgs de Paris, d'acheter, ou faire acheter des Marchands Forains ſur le carreau de la Vallée ou ailleurs, aucunes piéces de volailles, Gibiers, agneaux & cochons de lait : à eux enjoint de s'en fournir uniquement des Maîtres Rotiſſeurs en boutique dans la Ville & Fauxbourgs de Paris; le tout en conformité de l'Arrêt du Parlement du 18 Janvier 1614. & de la Sentence de Police du 8 Juin 1725. à peine contre les contrevenans de ſaiſie & confiſcation, & de 100 liv. d'amende, moitié à notre profit, & le ſurplus aux Jurés.

ARTICLE XXVIII.

Défendons à tous Rotiſſeurs, & à tous Privilégiés Rotiſſeurs du Prévôt de notre Hôtel, ou autres gens de bouche pourvûs de nos Lettres pour faire le métier de Rotiſſeur, & qui achetent les volailles, gibiers, ou autres dudit métier, des Marchands Forains, & de ſe ſervir à cet effet de Facteurs, de Factrices, ou d'Entremetteurs. Leur enjoignons au ſurplus de ſe conformer pour raiſon deſdits achats aux régles par nous preſcrites aux Maîtres Rotiſſeurs, par les Articles XVII. XVIII. & XX. des préſentes, ſous les peines y portées. N'entendons néanmoins que ſous tel prétexte que ce puiſſe être, les Maîtres Patiſſiers de cette Ville, puiſſent étaler au-dehors & ſur les appuis de leurs boutiques leſdits gibiers & volailles en poil ou en plume; mais ſeulement en pâte ou dénaturés & prêts à mettre en pâte, & ce, à peine de confiſcation deſdites marchandiſes, de 100 liv. d'amende appliquable moitié à l'Hôpital Général, & le ſurplus aux Jurés.

ARTICLE XXIX.

Sera permis aux Maîtres dudit métier, à l'excluſion des Maîtres Chaircuitiers de la Ville & Fauxbourgs de Paris, d'acheter du Marchand Forain & de la premiere main, du lard frais & ſalé pour en faire uſage en leur métier & profeſſion, & l'employer ſeulement en la maniere des Rotiſſeurs; le tout conformément à la Sentence de Police du 2 Décembre 1710, à l'Arrêt du Parlement confirmatif d'icelle du 14 Août 1711, & à l'Arrêt de notre Conſeil du 20. Juillet 1728.

ARTICLE XXX.

Voulons qu'aucuns Maîtres ou Privilégiés Rotiſſeurs, ainſi que tous marchands Forains ou autres, ne puiſſent colporter ou faire colporter aucune marchandiſe dudit métier, pour en offrir la vente à qui que ce ſoit, à peine contre les contrevenans de ſaiſie & confiſcation desdites marchandiſes, de 100 liv. d'amende au profit des Jurés de la Communauté des Rotiſſeurs, & contre tous Colporteurs des deux ſexes, de punition éxemplaire, conformément à l'Ordonnance de Police du 6 Octobre 1719, & à l'Arrêt de notre Conſeil du 2. Décembre 1722.

ARTICLE XXXI.

Auront les Maîtres Rotiſſeurs qui ſont tout à la fois Maîtres ou Privilégiés Traiteurs, la faculté de jouir enſemble des droits attachés aux deux Maîtriſes ou Privilèges de Rotiſſeurs & de Traiteurs, ſans que ſous ce prétexte, ils puiſſent tenir deux boutiques, conformément à l'Article XVI. des préſentes, ſous les peines y portées.

ARTICLE XXXII.

Nul Maître ou autre dudit métier, ne pourra appeller le Bourgeois près la boutique d'un Rotiſſeur à l'effet de vendre préférablement & à ſon préjudice, à peine de 50 liv. d'amende au profit du plaignant, conformément aux Articles XIII. & XIV. desdits anciens Statuts de 1509.

ARTICLE XXXIII.

Défendons expressément à tous Privilégiés Rotisseurs du Prévôt de notre Hôtel, de bailler à loyer leurs Priviléges à telles personnes que ce puisse être, notamment à des Compagnons & Apprentifs Rotisseurs, ou à des gens de bouche, reçus, ou non reçus Maîtres dans une autre Communauté, à peine de saisie & confiscation de marchandises & ustanciles dudit métier, au profit des Jurés Rotisseurs, de fermeture de boutique, & de 100 liv. d'amende, applicable à l'Hôpital Général; le tout conformément à la Sentence de Police du 17 Août 1731.

ARTICLE XXXIV.

Ordonnons que toutes les confiscations & amendes provenantes des contraventions aux Articles des présentes, tournent, comme dit est, au profit des Jurés dudit métier : N'entendons néanmoins empêcher cette Communauté d'intervenir à ses dépens èsdites instances, même de prendre, si elle le juge à propos, le fait & cause de ces Jurés; auquel cas, Voulons que lesdites amendes & confiscations retournent au profit de la Communauté, s'il est ainsi ordonné : Voulons aussi que les contestations qui pourroient survenir sur l'exécution des présentes, ne puissent être intentées ailleurs par lesdits Jurés & Communauté en premiere instance, que devant notre Procureur au Châtelet, pour donner son avis en ce qui le concerne, & enſuite devant le ſieur Lieutenant de Police au Châtelet, & par appel au Parlement, dérogeant à cet égard à tous titres à ce contraires, & ce, à peine de nullité & caſſation de procédures.

ARTICLE XXXV.

Voulons que ſuivant les Priviléges attribués à toutes les Communautés de Marchands, & des Arts & Métiers de cette Ville, par l'Article VI. de l'Edit du mois de Décembre 1581, & à l'Arrêt de notre Conſeil du 28 Août 1719, il ſoit loiſible à tous Maîtres dudit métier de Rotiſſeur, de s'établir dans tels Villes, Bourgs, & lieux que bon leur ſemblera de notre Royaume, & qu'en faiſant regiſtrer leurs Lettres de Maîtriſe au Greffe de la Juſtice ordinaire des lieux où ils iront s'établir, ils éxercent librement leur métier & profeſſion. Ordonnons auſſi que, pour que chaque Maître dudit métier obſerve éxactement le contenu aux préſentes, & connoiſſe également les effets de notre bonté à leur égard, les Jurés ſoient tenus de donner à chacun d'eux, même à ceux, qui par la ſuite ſeront reçus à ladite Maîtriſe, une copie imprimée des préſents Statuts & Ordonnances.

AVIS

DE Monſieur le Lieutenant Général de Police, & de Monſieur le Procureur du Roi au Châtelet ſur leſdits nouveaux Statuts.

VU par Nous Claude Henry Feydeau de Marville, Chevalier, Seigneur de Fontaine-l'Abbé, Conſeiller du Roi en ſes Conſeils, Maître des Requêtes ordinaires de ſon Hôtel, Lieutenant Général de Police, de la Ville, Prévôté & Vicomté de Paris, & François Moreau, Chevalier, Conſeiller du Roi en ſes Conſeils d'Etat, & privé, Honoraire en ſa Cour de Parlement & Grande-Chambre d'icelle, Procureur de Sa Majeſté au Châtelet de Paris, premier Juge Conſervateur des Priviléges des Corps des Marchands, Arts, Métiers, Maîtriſes & Jurandes de la Ville, Fauxbourgs, & Banlieüe de Paris, les nouveaux Statuts de la Communauté des Maîtres Rotiſſeurs de la Ville & Fauxbourgs de Paris, contenans trente-cinq Articles.

Notre avis eſt, ſous le bon plaiſir du Roi, & de Monſeigneur le Chancelier, que leſdits nouveaux Statuts ne contenant rien qui ſoit contraire aux Réglemens de Police, & au bien public, peuvent être accordés ſans inconvénient. Fait ce dix Juin mil ſept cent quarante-quatre.

Signé, FEYDEAU DE MARVILLE.

Signé, MOREAU.

LETTRES PATENTES

DE CONFIRMATION

DESDITS NOUVEAUX STATUTS

DES MAITRES ROTISSEURS A PARIS.

Du mois de Juin 1744.

LOUIS, par la grace de Dieu, Roi de France & de Navarre : A tous préſens & à venir, SALUT. Nos bien amez les Maîtres Rotiſſeurs de notre bonne Ville de Paris, nous ont fait repréſenter que depuis le mois de Mars de l'an 1509. que leurs anciens Statuts furent réformés, & compoſés de quinze Articles differens; leur Communauté ſe contenta d'obtenir ſucceſſivement de Régne en Régne, de nouvelles Lettres-patentes de confirmation, juſqu'au Régne du feu Roi de glorieuſe mémoire, notre très-honoré Seigneur & Biſayeul; que leurs Statuts n'ayant pas été réformés depuis l'an 1509, l'ancienneté des

des Articles qui les composent, joint à l'usage & au changement de Jurisprudence, les ont rendus intelligibles & impratiquables, que pour se conformer à l'Edit du mois de Mars 1673. registré en notre Cour de Parlement, cette Communauté auroit jugé à propos de présenter Requête à notre Conseil, avec un projet de Statuts composé de trente-cinq Articles, que comme la plus grande partie desdits Articles est fondée sur des titres émanés de notre autorité, & suivis de Réglemens de Police anciens & nouveaux, obtenus successivement, tant en notre Cour de Parlement, qu'au Châtelet de notre bonne Ville de Paris, l'on a pensé que ce seroit le plus sûr, & le plus stable moyen, qu'après avoir refondu tous ces Titres dans un seul émané de notre autorité, de prévenir les abus & malversations auxquels l'on n'a pû remédier jusqu'à présent, & d'empêcher que les Marchands Forains qui apportent des volailles & des Gibiers pour la provision de Paris, n'ayent recours à des voyes prohibées pour vendre lesdites marchandises bien plus chéres qu'elles ne doivent être ; que pour y parvenir, ils se servent de Facteurs & d'Entremetteurs pout faire lesdites ventes, & de Maîtres Rotisseurs qui étalent en contravention pour le compte desdits Marchands Forains, afin de vendre par regrat les volailles & gibiers sur le carreau de la Vallée, & par-là dégarnissent le Marché en les entreposans dans des chambres voisines pour ne les y apporter que par petite partie, de façon que les Bourgeois, & même les Maîtres Rotisseurs établis en boutique, sont obligés de passer par leurs mains d'une maniere si préjudiciable à l'intérêt public, qu'il n'eſt pas poſſible que leſdits Maîtres Rotiſſeurs forcés ainſi d'acheter de ces différens regratiers, Facteurs & Entremetteurs, ne vendent dans leurs boutiques leurs marchandiſes plus chéres aux Bourgeois; qu'outre ces abus qui ſe multiplient de jour en jour, chaque Maître des autres Communautés de gens de bouche établis en cette Ville, entreprennent ſur le métier & profeſſion des Expoſans; qu'il n'y a pas juſqu'aux gens de bouche établis ſans maîtriſe dans la Banlieüe de cette Ville, qui ſe fourniſſoient chez les Maîtres Rotiſſeurs, qui, par tolérance, ne viennent acheter ſur le carreau de la Vallée, les volailles & gibiers dont ils ont beſoin, que pour les vendre dans les dehors de Paris, ce qui dégarnit auſſi le carreau de la Vallée au grand préjudice du Public, & de l'intérêt des Maîtres de cette Communauté; à quoi voulant remédier promptement afin que de tels abus ne puiſſent avoir cours à l'avenir. A CES CAUSES, de l'avis de notre Conſeil qui a vû leſdits anciens Statuts & Ordonnances & les Lettres de confirmation accordées depuis le mois de Mars de l'an 1509, juſqu'au mois de Décembre 1610. vérifiées où beſoin a été, enſemble les nouveaux Statuts & Ordonnances contenant trente-cinq Articles: Nous avons permis & accordé, & de notre grace ſpéciale, pleine Puiſſance & autorité Royale: Permettons & accordons par ces Préſentes, ſignées de notre main, auxdits Expoſans de nommer & choiſir entr'eux des Jurés de la probité requiſe, leſquels après le ferment à eux prêté en la maniére accoutumée, feront toutes les fonctions de Jurande, les visites & recherches nécessaires pour le bien & la Police de leur Communauté, & tiendront la main à l'éxécution desdits Statuts & Réglemens contenus en trente-cinq Articles, & ci-attachés sous le contrescel de notre Chancellerie, lesquels Nous avons de nos mêmes grace, pouvoir, & autorité que dessus, approuvés, confirmés & autorisés, & par cesdites Présentes, approuvons, confirmons, & autorisons, Voulons & Nous plaît qu'ils soient éxécutés, gardés & observés selon leur forme & teneur par lesdits Exposans, leurs Successeurs & tous autres, sans qu'il y soit contrevenu en quelque sorte & maniére que ce puisse être, pourvû toutefois qu'en iceux il n'y ait rien de contraire à nos Ordonnances, ni de préjudiciable à nos droits & à ceux d'autrui. SI DONNONS EN MANDEMENT à nos amez & féaux Conseillers les Gens tenans notre Cour de Parlement à Paris, à notre Prévôt de Paris ou son Lieutenant Général de Police, & à tous autres nos Officiers & Justiciers qu'il appartiendra, que ces Présentes ils ayent à faire enregistrer, & de leur contenu, jouir & user lesdits Exposans & leurs Successeurs, pleinement, paisiblement, & perpétuellement, cessant & faisant cesser tous troubles & empêchemens contraires : CAR tel est notre plaisir. Et afin que ce soit chose ferme & stable à toujours, Nous avons fait mettre notre Scel à ces Présentes. DONNE' au Camp d'Ypres au mois de Juin, l'an de grace mil sept cent quarante-quatre, & de notre Régne le vingt-neuviéme. *Signé*, LOUIS. *Et sur le repli est écrit*, Par le Roi, *signé*, PHELYPEAUX, avec paraphe, & scellé du grand Sceau de cire verte, en lacs de ſoye rouge & verte, *& ſur le repli eſt écrit*, Viſa, *ſigné*, DAGUESSEAU. *Et ſur ledit repli eſt encore écrit*, pour confirmation des Statuts aux Maîtres Rotiſſeurs de Paris. Scellées du grand Sceau de cire verte.

Regiſtrés oüy le Procureur Général du Roi, pour jouir par leſdits Impétrans & leurs Succeſſeurs en ladite Communauté de leur effet & contenu, & être éxécuté ſelon leur forme & teneur, à l'exception quant à l'Article VIII. deſdits Statuts, concernant les Mariages deſdits Apprentifs, qu'ils ſeront ſeulement tenus d'avertir leurs Maîtres, lorſqu'ils voudront ſe marier dans le cours de leur apprentiſſage, ſans être tenus d'obtenir l'agrément de leurſdits Maîtres, ſuivant l'Arrêt de ce jour. A Paris, en Parlement le 19 *Janvier* 1747. Signé, DU FRANC.

Commencés leſdits nouveaux Statuts pendant la Jurande & par les ſoins des Sieurs Charles Langlois, Louis, Gallard, & Déchart. Finis par les ſoins des Sieurs Gibert, Gourdoux, Bourgeois & Paquier, Jurés de préſent en Charge : le tout auſſi obtenu par les ſoins des Sieurs Courbec, Picart, Charon & Cazalis, Anciens Jurés nommés à cet effet par délibération de cette Communauté.

ARREST
DE LA COUR DU PARLEMENT,

RENDU sur les Conclusions de Monsieur le Procureur Général, pour la Communauté desdits Maîtres Rotisseurs, contre les Corps & Communautés des Marchands de Vin, des Maîtres Bouchers, Chaircuitiers, Patissiers & Traiteurs de Paris.

Du 19 Janvier 1746.

NOTREDITE COUR faisant droit sur le tout, reçoit les Syndic, Jurés, & Communauté des Patissiers, opposans à l'enregistrement des Statuts & Lettres-patentes du mois de Juin 1744. obtenuës par ladite Communauté des Rotisseurs, à ce que par l'Article XXV. desdits Statuts, il est dit que les Rotisseurs jouiront exclusivement du droit de faire rôtir toutes sortes de viandes de boucherie, rotisserie, & autres pour la commodité du Public, & en ce que par l'Article XXVIII. desdits Statuts, il est dit que lesdits Patissiers ne pourront, sous tel prétexte que ce soit, étaller au-dehors & sur leurs boutiques, les gibiers & volailles en poil ou en plume, mais seulement en pâte, & de nature à mettre en pâte, à peine de confiscation des marchandises, & de 100 liv. d'amende; faisant droit sur ladite oppoſition, maintient & garde leſdits Patiſſiers dans le droit & poſſeſſion de faire cuire dans leurs fours les viandes de boucherie & autres qui leur ſeront apportées par les particuliers, & d'étaller ſur les appuis de leurs boutiques, & au-dehors d'icelles les gibiers & volailles de toutes eſpéces qui leur ſeront apportés pour mettre en pâte, à l'effet ſeulement de les conſerver plus long-temps, & de les préſerver de la corruption en les mettant à l'air, ſans pouvoir néanmoins par leſdits Patiſſiers vendre ni débiter les gibiers & volailles ainſi étallés qu'en nature de tourtes & pâtés, & non d'une autre façon; déboute les Syndic, Jurés & Communauté des Chaircuitiers de leur oppoſition à l'enregiſtrement deſdits Statuts & Lettres-patentes reſtrainte aux Articles XI. XXIX. & XXXI. en conſéquence ledit Article XXIX. éxécuté, à la charge néanmoins de n'employer le lard que les Rotiſſeurs auront acheté, que pour leur uſage & profeſſion, & de n'en point faire de magaſin, ni en vendre en gros & en détail, & qu'ils ne pourront pareillement étaller ni vendre de jambons; déboute pareillement les Jurés & Communauté des Maîtres Queuës-Cuiſiniers & Traiteurs de leur oppoſition aux Articles premier, XI. & XXVII. deſdits Statuts, en conſéquence maintient leſdits Rotiſſeurs dans le droit & poſſeſſion de piquer de lard fin, indiſtinctement toutes ſortes de viandes; fait défenſes auſdits Traiteurs d'employer dans leurs feſtins des viandes piquées de lard fin, ſi elles n'ont été achetées des Rotiſſeurs; pourront ſeulement leſdits Traiteurs larder de gros lard les volailles & gibiers qu'ils employeront dans leurs ragoûts, dans lesquels ils ne pourront employer que la volaille ou gibier, soit jeune ou vieux, qu'ils auront acheté chez lesdits Rotisseurs; Fait défenses ausdits Traiteurs d'acheter ou faire acheter des Marchands Forains sur le carreau de la Vallée ou ailleurs que chez les Rotisseurs en boutique aucunes piéces de volailles, gibiers, agneaux, & cochons de lait, à peine de confiscation, & de 100 liv. d'amende: Ayant égard à l'Intervention desdits Patissiers, les maintient & garde dans le droit & possession, conformément à l'Edit du mois de Décembre 1581. & des Arrêts de notredite Cour des 3 Septembre 1740. & 13. May 1745. d'unir à leur qualité de Patissier celle de Traiteur, & d'éxercer les deux métiers conjointement ensemble, de mettre un tableau au-dessus de leur boutique qui indique au Public qu'ils éxercent l'un & l'autre métier, comme aussi dans le droit d'acheter sur le carreau de la Halle des Marchands Forains tout le lard frais qui peut leur être nécessaire pour le saller & assaisonner, & s'en servir aux ouvrages de pâtisserie, à la charge par lesdits Patissiers, en qualité de Traiteurs, d'acheter tout ce qui conviendra pour l'exercice dudit métier chez les Chaircuitiers; comme aussi que conformément audit Edit, & ausdits Arrêts, les Rotisseurs pourront être Traiteurs, à la charge par eux de payer les droits à la Communauté des Traiteurs, de faire leur apprentissage, & de ne tenir qu'une boutique ouverte; comme aussi à la charge que ceux desdits Patissiers ou Rotisseurs qui ne seront point Traiteurs, ne pourront s'associer & demeurer dans la même maison:

Déboute les Syndic, Jurez & Communauté des Bouchers, & les Maîtres & Gardes en Charge du Corps des Marchands de Vin de Paris, de leurs oppoſitions à l'enregiſtrement deſdits Statuts ; en conſéquence, ſans s'arrêter aux Requêtes deſdits Marchands de Vin des 17. Février & 16. Mars 1745. fait défenſes aux Marchands de Vin en gros, par aſſiettes ou en détail, d'acheter ou faire acheter des Marchands Forains ſur le carreau de la Vallée ou ailleurs que chez les Rotiſſeurs aucune piéce de volailles ou gibiers, agneaux & cochons de lait, même pour la conſommation de leur maiſon : Ordonne qu'il ſera paſſé outre, ſi faire ſe doit, à l'enregiſtrement deſdits Statuts & Lettres-patentes deſdits Rotiſſeurs ; Sur le ſurplus des autres demandes, fins & concluſions des Parties, les a mis hors de Cour, ſauf auſdits Maîtres Chaircuitiers ſur leurs demandes portées par Requête du 14. Décembre dernier, à ſe pourvoir ainſi qu'ils aviſeront : Ordonne que le préſent Arrêt ſera tranſcrit ſur les Regiſtres de chacune deſdites Communautés : condamne ladite Communauté des Rotiſſeurs & celle des Chaircuitiers aux dépens faits chacun à leur égard par les Patiſſiers ; condamne les Maîtres & gardes des Marchands de Vin, les Communautés des Maîtres Bouchers, Chaircuitiers, & Traiteurs, auſſi chacun à leur égard, en tous les dépens envers ladite Communauté des Rotiſſeurs, même leſdits Chaircuitiers en ceux faits par leſdits Rotiſſeurs contre les Patiſſiers ſur l'Intervention deſdits Chaircuitiers. MANDONS mettre le préſent Arrêt à éxécution : De ce faire donnons pouvoir. DONNÉ

en

en notredite Cour de Parlement le dix-neuviéme jour du mois de Janvier, l'an de grace mil ſept cent quarante-ſix, & de notre Régne le trente-uniéme. Collationné, *ſigné*, GUENARD. Par la Chambre, *ſigné*, DUFRANC.

Signifié le 14. *Février* 1746. *aux Procureurs des Corps & Communauté des Marchands de Vin, des Maîtres Bouchers, Chaircuitiers, Patiſſiers & Traiteurs, par* GENSSE, *Huiſſier. Et par exploits du même jour* 14. *Février* 1746. *fait par* DE CHEZEAUX, *Huiſſier, en leurs Bureaux, à ce qu'ils ayent à s'y conformer & à l'inſcrire chacun ſur leurs Regiſtres.*

Le préſent Arrêt a été obtenu du tems & par les ſoins de Meſſieurs AMBROISE DUPRE', PIERRE DUPRE', PIERRE GIBERT, *&* JULIEN GOURDOUX, *Jurés en Charge. Et auſſi par les ſoins des Sieurs* COURBEC, PICART, CHARON, CAZALIS, *Anciens Jurés.*

www.ingramcontent.com/pod-product-compliance
Ingram Content Group UK Ltd.
Pitfield, Milton Keynes, MK11 3LW, UK
UKHW012123240726
13965UKWH00005B/1942